I0551021

Iᵉʳ. RAPPORT

LU DANS LA 70ᵉ. SÉANCE PUBLIQUE

DE L'ATHÉNÉE DES ARTS,

SUR LES INSCRIPTIONS

FRANÇAISES ET LATINES

DE Mʳ. DUBOS aîné.

BIBLIOTHÈQUE NATIONALE FONDS LE SÉNAT Nᵒ 6261

Par F. P. A. Leger , Membre de l'Athénée des Arts, et de plusieurs autres Sociétés savantes.

(2)

Iᵉʳ. RAPPORT

SUR LES INSCRIPTIONS

LATINES ET FRANÇAISES

DE M. DUBOS aîné.

9 Vendémiaire an XII.

MESSIEURS,

M. *Dubos* aîné a soumis à l'examen de l'Athénée des Arts quelques inscriptions latines et françaises, qu'il a composées pour divers monumens de la capitale. L'assemblée générale a chargé la classe des Belles-Lettres d'en faire un rapport. C'est l'objet sur lequel je viens appeler votre attention et fixer vos idées.

Les sociétés savantes sont, par la nature même de leur institution, des espèces d'intermédiaires placées entre le talent modeste qui invente ou perfectionne, et l'autorité tutélaire qui accueille et encourage. Plusieurs fois déjà nous avons vu adop-ter, par le Gouvernement, des ouvrages, des in-

A 2

ventions, des découvertes auxquels l'assentiment
de l'Athénée avait, en quelque sorte, donné des
lettres de créance; et je me félicite d'avoir à vous
entretenir aujourd'hui d'un travail qui, pour être
peu considérable dans son étendue, n'est pas moins
important par son objet.

Mais avant d'entrer dans l'examen des inscriptions de M. *Dubos*, permettez-nous, non pas
d'approfondir, mais d'effleurer quelques questions
qui se présentent naturellement; elles nous ont
paru dignes de l'attention d'une société qui met
au rang de ses plaisirs et de ses devoirs, de s'oc-
cuper de tout ce qui peut intéresser les Arts et
les Sciences.

On a long-temps et longuement discuté pour
savoir si la langue française était aussi convena-
ble que la langue latine au style lapidaire et numismatique. *Santeuil*, l'abbé *de Bourzeïs*, le *père
Lucas* et les auteurs de l'*Encyclopédie*, ont donné,
sans hésiter, la préférence au latin : *Henri Etienne,
Lelaboureur, Charpentier* et le président *Roland*
ont réclamé et soutenu vivement les droits et les
prérogatives de leur langue maternelle; mais tous
ces illustres antagonistes se fussent épargné de
longues discussions si la question eût d'abord été
présentée sous son véritable point de vue. Ce n'é-
tait pas, en effet, la préexcellence des idiomes
qu'il s'agissait d'examiner, mais ce problème bien
simple qu'il fallait résoudre franchement.

Les inscriptions placées sur les monumens publics doivent-elles être en langue vulgaire ?

Il faut convenir qu'on n'aurait pas osé faire
sérieusement une pareille question dans Athènes
ou dans Rome. Les Grecs et les Romains avaient

de la gloire et de la dignité nationale une trop haute idée pour mettre en doute une vérité que la raison et le simple bon sens avaient depuis long-temps consacrée. Quel est le but, en effet, des inscriptions publiques ? N'est-ce pas de perpétuer parmi le peuple de grands souvenirs, de rappeler de grandes actions, ou de faire naître de grandes idées ? Comment pourront-elles atteindre ce but, si elles sont écrites dans une langue inconnue à la presque totalité du peuple auquel elles sont offertes ? Elles seront donc le patrimoine exclusif d'un petit nombre de gens instruits, qui, depuis long-temps, ont pu connaître, dans l'histoire, ou les hommes ou les faits qu'elles rappellent : ainsi ces inscriptions et ces monumens, pleins d'éloquence et de vie pour ceux qui n'en ont pas besoin, seront muets et inanimés pour ceux qu'ils devraient spécialement instruire.

Qu'on ne vienne donc plus nous objecter que les changemens et les modifications auxquels les langues vivantes sont sujettes, ont dû forcer de recourir, pour les inscriptions, à une langue irrévocablement fixée, et plus universellement connue ; l'exemple seul des Romains détruit cette frivole objection. Assurément la langue latine était encore loin de la perfection où l'ont porté les grands écrivains du deuxième âge, lorsque, pendant la première guerre punique, le sénat voulut que l'inscription placée sur la colonne rostrale élevée en l'honneur du consul Caïus Duilius, fût en langue vulgaire. Il s'en fallait beaucoup qu'elle fût universellement répandue à cette époque, puisque deux cents ans après, sous le règne d'Auguste, la langue des conquérans de l'univers était encore renfermée dans un espace extrèmement resserré. D'après le témoignage de Cicéron, elle n'occupait même pas tout ce que nous appelons aujourd'hui l'Italie. Le royaume de Naples, qu'on nommait la grande Grèce, toute la Sicile, une partie de l'Asie et de l'Egypte, presque tous les bords de la Méditerranée, parlaient grec; c'était la langue de toutes les nations civilisées. Sous le règne des Empereurs, les progrès du latin ne furent pas plus sensibles; et cette langue, si riche, si féconde, si majestueuse, cette langue qui comptait tant de chef-d'œuvres, était déjà, pour ainsi dire, dénaturée avant que d'être connue des peuples soumis à la domination de ceux qui l'avaient portée au dernier degré de perfection.

Ce n'est donc point à son universalité que la langue latine a dû, chez les Romains, le privilége d'être employée aux inscriptions des monumens publics; mais à ce motif également juste, naturel et respectable, que tout ce qui a pour but la gloire et l'instruction d'un peuple, doit lui être présenté dans sa langue maternelle : et qui remplit mieux ce double objet que les monumens élevés pour servir d'éternel aliment à l'estime et à l'émulation publique !

Mais supposons même, pour un instant, qu'une langue morte quelconque, grecque, latine, syriaque, hébraïque, ou toute autre, soit aussi familière à la masse du peuple qu'elle peut l'être à quelques savans, je ne crains pas de dire que dans cette hypothèse même, l'inscription perdrait, pour tout le monde, la moitié de son prix.

En effet, si l'aspect des lieux qui nous ont vu naître, et où notre ame s'est ouverte aux impressions d'une douce sensibilité, produit sur nous

mêmes des retours intéressans, et nous rappelle de
vives émotions ; par la même raison, notre première
langue réveille en nous à tout moment des affections
personnelles dont l'intérêt se réfléchit sur tous les
objets qui nous les ont causés ; ce qu'on nous a dit
dans nos plus jeunes ans, ce que nous avons dit
nous-mêmes d'affectueux et de sensible, nous touche
bien plus vivement quand nous l'entendons répéter
dans les mêmes termes et dans des circonstances
à-peu-près semblables.

Et j'en prends à témoin l'assemblée qui m'écoute :
ces expressions si simples : *Oh ! mon père ! oh !*
mon cher fils ! ne sont-elles pas mille fois plus tou-
chantes, plus pathétiques pour nous, qui sommes
Français, que ces mots latins qui présentent la
même idée : *Heu ! pater ! heu fili !* cependant nous
en saisissons le sens avec la même facilité ; mais
comme ils ne sont pas liés dans la pensée avec les
mêmes impressions habituelles et primitives que
les mots de notre propre langue, ils ne produisent
ni le même effet, ni la même sensation ; il faut que
le raisonnement agisse : ce n'est plus, pour ainsi
dire, qu'un effet de répercussion ; et il est un prin-
cipe d'une vérité reconnue, c'est que le sentiment
agit sur les hommes avec bien plus de force que
le raisonnement ; et je demande si la plus belle
inscription écrite dans une langue étrangère, dont
il faudra chercher le sens, peut faire, sur le savant
même, une impression égale à celle qui, écrite
dans sa langue naturelle, s'empare à-la-fois, sans
peine et sans effort, de toutes ses facultés intellec-
tuelles ? Il existe entre la langue maternelle et le
centre de nos sensations un point de contact qu'une
langue morte saisira toujours difficilement, et pour
particulariser une idée générale : telle est la dif-

férence que je trouve entre la langue latine et la langue française, que la première me présente une idée, la seconde éveille un sentiment : l'une parle à l'esprit, l'autre trouve en même temps le chemin du cœur.

On ne peut donc qu'applaudir à la sagesse du Gouvernement qui, depuis quelques années, a cru devoir employer la langue vulgaire pour les inscriptions lapidaires et numismatiques, et décidé ainsi par le fait une question demeurée si longtemps en litige. Hélas ! que cet usage n'a-t-il été plutôt adopté ! combien de monumens fameux, combien de chef-d'œuvres des arts eussent échappé à la destruction, s'ils avaient présenté une inscription simple, claire, et française sur-tout, qui, en rappelant leur but et leur objet mal saisi, aurait suspendu et repoussé la main sacrilége des Vandales qui les ont anéantis.

Nous croyons cependant qu'il serait facile de concilier le respect et la reconnaissance qu'on doit à la langue de Virgile et de Cicéron, avec la préférence que réclame celle de Racine et de Montesquieu ; ce serait que les inscriptions placées sur les monumens publics fussent écrites dans les deux langues. Ce terme moyen satisferait les apologistes du latin, et dissiperait les craintes de ceux qui ne condamnent l'usage de la langue vulgaire en pareille circonstance, que parce qu'elle est exposée aux changemens, aux altérations qu'amène presque toujours, dans les langues vivantes, une longue suite de siècles.

Sur quelle espèce de monumens publics est-il indispensable de placer des inscriptions ?

Telle est la dernière question que nous avons à vous soumettre.

En jetant un coup-d'œil sur les monumens des Égyptiens, des Grecs et des Romains qui sont parvenus jusqu'à nous, soit par tradition réelle, soit par représentation calcographique, il est certain que l'usage des inscriptions remonte à l'époque des premiers services rendus à l'humanité par des hommes privilégiés; et il n'est pas besoin de grands développemens pour faire sentir le but et l'utilité de ces hommages consacrés au mérite par la reconnaissance. On connaît assez l'influence morale qu'exercent sur les peuples civilisés ces espèces de livres toujours ouverts à l'admiration publique; rien n'agit plus puissamment sur ceux qui portent en eux-mêmes le germe des grandes vertus, des grands talens, des grandes actions, que les récompenses publiquement décernées aux bienfaiteurs de la patrie et de l'humanité.

Mais il est une autre espèce de monumens sur lesquels on a peut-être long-temps négligé, sur-tout en France, de placer des inscriptions caractéristiques qui rappelassent sans cesse au peuple et leur but et leur destination; je veux parler de ces établissemens consacrés à des objets d'utilité publique et générale. Les amis des arts désirent depuis long-temps que les édifices destinés à cet usage portent dans leur forme extérieure, présentent dans l'ensemble et les détails de leur architecture, des signes distinctifs, une physionomie particulière qui les fasse reconnaître au premier coup-d'œil. Des artistes philantropes ont plusieurs fois émis sur cette matière des idées et des plans aussi sagement combinés que simples à concevoir et faciles à exécuter. Mais en attendant que leur vœu puisse être entièrement réalisé, il faut du moins suppléer, par l'inscription, à l'insuffisance matérielle de l'édifice : et certes, il est plus important qu'on ne pense d'imprimer un caractére de grandeur à ces monumens qui intéressent essentiellement la gloire et la prospérité de la nation entière, de les environner d'une considération morale, d'un respect religieux, à l'abri des injures du temps, des événemens et des circonstances.

Et c'est ici, Messieurs, qu'il m'est permis de vous conduire devant quelques-uns des établissemens publics qui honorent à-la-fois et embellissent cette capitale : c'est ici que je dois y attacher en votre présence, les inscriptions de M. Dubos, les présenter dans leur véritable cadre, et, pour ainsi dire, environnées de tous les accessoires dont elles ont besoin pour faire apercevoir la justesse morale et littéraire qui les caractérise.

Entrons d'abord au jardin des Plantes.

La première idée qui frappe ceux qui le parcourent, c'est l'éloge de celui que le Gouvernement a chargé de sa culture et de son entretien. En effet, l'ordre, l'économie, la belle tenue qui s'y font remarquer, méritent à l'habile et laborieux Jean *Thouin* cette honorable distinction ; mais si, avant de pénétrer dans l'enceinte de ce jardin, je lis sur son modeste portique cette inscription de M. *Dubos.*

Hic plantæ è variis collectæ partibus orbis
Diversis pandunt natalem gentibus hortum.

ou bien :

Ici des végétaux l'assemblage divers
A fait de ce jardin celui de l'Univers.

Il est constant que les idées que présente l'inscrip-tion, liées avec le coup-d'œil enchanteur qu'offre l'ensemble de ce beau jardin, inspirent à-la-fois une foule de sensations dont l'esprit et le cœur sont agréablement affectés. On éprouve un sentiment d'estime et de reconnaissance pour les hommes éclairés qui ont réuni, classé, rapproché cette im-mensité de plantes exotiques et indigènes étonnées, pour ainsi dire, de se nourrir des mêmes sucs, de partager le même sol, et d'offrir simultanément les ressources dont la nature les a rendu dépositaires, pour subvenir aux maux qui, trop souvent, affligent l'espèce humaine. On aime à se rappeler, dans cette enceinte, avec un plaisir mêlé d'attendrissement, l'anecdote de ce jeune étranger qui, transporté des bords de l'Indus aux rives de la Seine, aperçut dans le jardin des Plantes un arbre qui lui rappelait le lieu de sa naissance, et qui, s'élançant avec la rapi-dité de l'éclair sur cet arbre si précieux pour lui, le tint étroitement embrassé, le baigna de ses larmes, attestant ainsi cette vérité proclamée par l'un de nos plus grands poètes :

A tous les cœurs bien nés que la Patrie est chère!

Si du jardin des Plantes je viens à l'hospice connu sous la dénomination de l'*Hospice des Orphelins*, j'éprouve un sentiment pénible à l'aspect de ces infortunés, privés, dès le berceau, de la douceur d'embrasser un père, de recueillir les soins et les caresses d'une mère, et condamnés, presqu'en naissant, à l'abandon le plus cruel, à la misère la plus désespérante. Mon ame indignée se soulève en songeant à ces êtres dégradés, qui sem-blent n'avoir reçu le caractère le plus saint, le plus auguste que la nature ait imprimé à l'homme, que pour le méconnaître et le fouler aux pieds ; mais mon œil se porte sur cette inscription :

Hic puer, infelix ignoto patre, labores
Ediscit varios, olim ne tangat egestas.

ou bien en français :

L'Orphelin, au travail exercé dès l'enfance,
Apprend dans cet asile à vaincre l'indigence.

Alors, je me sens soulagé du poids qui m'avait d'abord oppressé : je bénis la Providence, *dont*, comme l'a dit Racine, *la bonté s'étend sur toute la nature;* je bénis la surveillance du Gouvernement paternel qui la représente ; et plein des idées consolantes que cette inscription m'a fait naître, j'aperçois cette autre placée sur la porte du *Musée des monumens français*.

Quid juvat aula frequens ? fractis hic marmora sceptris
Rebus in humanis quàm sit testantur inane !

ou bien :

Des humaines grandeurs abîme dévorant,
La tombe atteste ici l'orgueil et le néant.

Que de réflexions ! que d'idées ! que de sensations se présentent en foule à la suite de cette courte inscription ! En pénétrant dans l'enceinte de ce vaste et lugubre édifice, le vulgaire n'est frappé que de la masse des statues, des marbres, des tombeaux qui s'offrent à sa vue ; il applaudit à la persévé-

rance des artistes infatigables qui, à force de sacri-
fices et de soins, ont recueilli cette immense collection; il rend justice au goût qui a présidé à sa
division par ordre chronologique. Mais l'observa-
teur philosophe y voit bien plus encore! que d'his-
toires, que de volumes il faudrait parcourir pour
trouver les contrastes et les rapprochemens qu'on y
peut embrasser d'un seul coup-d'œil! Vainement
l'orgueil, le mensonge et la flatterie ont surchargé
ces nombreux cénotaphes d'inscriptions fastueuses;
la vérité est là pour effacer leur ouvrage; et, malgré
les titres pompeux dont ces marbres sont revètus,
une éternelle exécration, un opprobre vengeur
n'en restent pas moins attachés aux tombeaux de
Frédegonde, de *Charles IX*, *du Cardinal Du-*
bois, comme l'estime, le respect et la reconnaissance publique environneront toujours la tombe
de *Sully*, *du chancelier de l'Hôpital*, de *Louis XII*
et de *Henri IV*.

Je regrette de ne pouvoir suivre plus long-
temps M. Dubos dans sa course épigraphique;
j'aurais souhaité de vous offrir quelques autres
inscriptions qui nous ont paru réunir la précision, la justesse et la clarté, telles que celle-
ci, destinée à l'institution des Sourds-Muets.

Inscription latine.

Hic, mirum! arte novâ Naturæ damna rependens,
Alloquitur Mutus Surdum, Surdusque reponit.

Inscription française.

Ici, des Sourds - Muets la jeunesse exercée,
Par signes communique et reçoit la pensée.

POUR LA MANUFACTURE DES GOBELINS.

Artifici referens varias hic cuspide formas.
Lana colore Viros, Naturam, Numina fingit

En français.

Ici l'art d'Arachné, rival de la Peinture,
Reproduit les Héros, les Dieux et la Nature.

Pour ne pas vous fatiguer, je m'arrête : d'ailleurs, toutes les inscriptions présentées par M. Dubos n'ont pas le même degré de perfection. Mais comme dans les productions de cette espèce il n'existe pas de solidarité, il suffit que quelques-unes d'entre elles, une seule même, réunisse les qualités qu'exige ce genre difficile, pour que l'Athénée accueille avec distinction un écrivain qui a le mérite d'ouvrir une carrière nouvelle, et de fixer l'attention sur un objet extrêmement important.

C'est d'après ces considérations que, sur le rapport de la classe des Belles Lettres, l'assemblée générale de l'Athénée a arrêté qu'il serait fait mention honorable, en séance publique, des essais de M. Dubos, et que le rapport des commisaires serait envoyé au Ministre de l'intérieur et au Préfet du département.

Signé, PORCHER, *président ;* VALLÉE, *vice-président ;* F. V. MULOT, *secrétaire ;* BIENAIMÉ, *secrétaire.*

F. P. A. LEGER, *rapporteur.*

IIe. RAPPORT

LU DANS LA 76e. SÉANCE PUBLIQUE

DE L'ATHÉNÉE DES ARTS,

SUR LES INSCRIPTIONS

FRANÇAISES ET LATINES

DE M^r. DUBOS AINÉ.

Par F. P. A. Leger, Membre de l'Athénée des Arts, et de plusieurs autres Sociétés savantes.

2ᵉ. RAPPORT

SUR LES INSCRIPTIONS

DE M. DUBOS AÎNÉ.

9 Mars 1806.

———◦✦◦———

Messieurs,

La Classe des Belles-Lettres m'a chargé de faire
à l'Athénée un rapport sur les nouvelles inscriptions
de M. Dubos aîné ; c'est une mission que j'ai ac-
ceptée avec plaisir et que je remplis avec empressement.

S'il fut jamais une époque mémorable et glo-
rieuse pour la France, c'est celle, sans contredit,

B

où le chef du Gouvernement, forcé de repousser des agressions injustes; de secourir des alliés fidelles, de soutenir des droits méconnus, a prouvé ce que peuvent l'activité, la prudence et le courage chargés de défendre une bonne cause. Dans l'espace de trois mois, les Armées françaises ont parcouru une carrière que des Armées réputées invincibles eussent à peine franchie dans l'intervalle de trois années: le siècle des grands hommes est le siècle des prodiges. Je ne retracerai point ici des faits qui appartiennent à l'histoire et que l'admiration générale a déjà placés au rang que la postérité leur assignera; mais ce que je rappellerai avec complaisance dans une enceinte consacrée aux arts, aux sciences et aux lettres, c'est qu'au milieu des embarras et des dépenses d'une guerre presqu'imprévue, les travaux qui tiennent à l'éclat et à la prospérité de l'intérieur de l'Empire, n'ont éprouvé ni interruption ni ralentissement. Vous connaissez les immenses travaux qui s'exécutent dans cette capitale: les départemens ont déployé le même zèle et la même activité. Les canaux destinés à vivifier le commerce et l'industrie ont été achevés; plusieurs villes se sont empressées de consacrer des monumens à la mémoire des grands hommes, ou de relever leurs tombeaux, que le vandalisme avait ou profanés ou détruits. Charlemagne dans Aix-la-Chapelle, Bayard dans Grenoble, Fénélon dans Cambrai, Malherbe à Caen, Laure et Pétrarque dans Avignon, ont été ou présentés ou rendus à la vénération publique; il semble que d'un bout de la France à l'autre on ait voulu simultanément exhumer des grands hommes, pour les rendre témoins de prodiges presqu'inconnus à leur siècle; prodiges dont par leurs talens et leur valeur ils eussent mérité d'être les chantres ou les héros. Le concours et l'empressement des arts à ressusciter des hommes illustres, devaient provoquer l'émulation de la poësie; c'était une sorte d'appel que l'architecture et la sculpture lui faisaient. M. Dubos a essayé d'y répondre dans le genre qu'il a adopté, et qui, pour être de peu d'étendue, n'en offre ni moins de difficultés, ni moins de mérite, puisque la briéveté, la précision et la justesse le constituent essentiellement. Vous avez entendu, messieurs, dans vos séances particulières, les nouvelles inscriptions dont notre confrère a enrichi son recueil. Je n'ajouterai aucune observation au jugement que vous en avez porté; c'est au temps, c'est à la réflexion, c'est aux dépositaires de l'autorité qu'il appartient de peser la valeur des écrits de cette nature et d'en ordonner l'emploi. Notre mission se borne à les faire connaître et à les offrir à l'attention du public éclairé.

Lorsque j'eus l'honneur, il y a deux ans, de vous soumettre un rapport sur les premières inscriptions de notre confrère, j'essayai d'établir les avantages et les inconvéniens que présentent la langue latine et la langue française pour le style lapidaire et numismatique. Sans contester au latin la supériorité de sa précision, je crus devoir insister sur la nécessité de joindre à l'inscription latine une traduction en langue vulgaire: M. Dubos a tranché la question en composant toutes ses inscriptions dans les deux langues. Mais qu'on me permette de revenir encore sur l'importance, trop peu sentie peut-être, d'enrichir d'inscriptions les monumens publics destinés à rappeler de grands souvenirs ou consacrés à des objets philantropiques et d'utilité générale; combien de monumens dont l'origine et le but se sont perdus ou dénaturés dans la nuit des temps, faute d'une inscription qui en ait perpétué la mémoire. L'architecture et la sculpture parlent aux yeux : mais quelque caractère que l'artiste donne au monument qu'il compose, et quelque talent qu'il déploie dans l'ensemble, dans les détails, il est difficile qu'après un long espace de temps, son intention soit toujours également sentie, si une inscription conservatrice ne la traduit en quelque sorte pour tous les peuples et pour tous les siècles. S'il est donc vrai que l'inscription soit nécessaire pour les monumens qui, grâces aux ressources de l'art, présentent un but bien prononcé, elle devient indispensable pour cette espèce de monumens qui n'offrent à l'œil le plus exercé aucun caractère distinctif.

En vous soumettant ses premières inscriptions, M. Dubos vous a fait parcourir les principaux monumens de cette Capitale. Il vous ménage aujourd'hui une plus longue excursion, mais qui ne sera ni plus pénible, ni moins agréable. L'homme de lettres est naturellement cosmopolite ; tout en se glorifiant du pays qui l'a vu naître, admirateur des grands hommes qui ont illustré sa patrie, il n'en rend pas moins justice à ceux qui sont nés sous un ciel étranger : le talent et le génie sont de tous les siècles et de tous les climats.

La ville d'Upsal a consacré un monument au célèbre Linnée, dans le lieu même où ce savant naturaliste donnait ses leçons. Ce tribut payé au Buffon de la Suède a inspiré à M. Dubos l'inscription suivante :

POUR LE TOMBEAU DE LINNÉE.

« *Hic Natura dolet, Linnæo tristis adempto,*
» *Et frustrà socium Flora relicta vocat.*
» *Qui varias Rerum distinxit nomine formas,*
» *Alter Aristoteles, Plinius alter erat.*
» *Nostra Viro tumulum vovet hunc Upsalia mœrens :*
» *Sed vivet, tumulo deficiente, decus.* »

En français.

« A l'immortel Amant des plantes et des fleurs,
» Au grand Linnée, Upsal et la Nature en pleurs
» Consacrent ce tombeau protecteur de sa cendre.
» C'est ici que souvent sa voix se fit entendre.
» Il sut, aux végétaux, en ses doctes leçons,
» Assigner et leur classe, et leur genre, et leurs noms.
» Puisse ce monument, offert à sa mémoire,
» Durer aussi long-temps que durera sa gloire! »

Des événemens qu'il est inutile de rappeler ont fait disparaître les restes de Charlemagne, déposés dans Aix-la-Chapelle : à l'avénement de Napoléon au trône des Français, cette ville s'empressa de relever le tombeau d'un monarque qui avait établi dans ses murs le siége de son empire; notre confrère a composé pour cette circonstance une inscription dont les rapprochemens seront saisis par les contemporains, et n'échapperont point au burin de l'histoire.

POUR LE TOMBEAU DE CHARLEMAGNE.

« *Carolus hic jacuit Magnus : post funera vivax,*
» *Si desunt cineres, cum tempore gloria crescit.*

» *Urbs memor antiquum tumulo persolvit honorem ,*
» *Cùm novus Imperii laudisque renascitur Hœres.* »

En français.

« Ici fut d'un grand Roi la demeure dernière :
» Sa cendre a disparu, son nom remplit la Terre.
» La Cité qu'il chérit, releva son tombeau,
» Lorsqu'un jeune Monarque, héritier de sa gloire,
» Couronné comme lui des mains de la Victoire ,
» Jetait les fondemens d'un Empire nouveau. »

Plus heureuse et non moins reconnaissante, la ville de Cambrai a voulu payer aux cendres de Fénélon qu'elle a religieusement conservées, le tribut de respect dû à la mémoire de ce grand homme. Cet illustre Prélat, dont le nom rappelle la bonté, la tolérance et les douces vertus qui devraient toujours accompagner le Sacerdoce, l'immortel auteur du Télémaque, que Bossuet, dont il fut l'adversaire dans quelques points de doctrine canonique, loua si dignement, lorsqu'en apprennant sa mort, il s'écria, les larmes aux yeux : *Messieurs, nous avons perdu notre maître !* Fénélon enfin méritait, à plus d'un titre, les hommages que l'on rend aujourd'hui à ses talens comme écrivain, à ses vertus comme Prélat. M. Dubos a cru devoir s'associer à la reconnaissance de la ville de Cambrai, en composant l'inscription suivante.

POUR LE TOMBEAU DE FÉNÉLON.

« *Hic jacet, heu! Fenelo, clarus pietate benignâ,*
» *Ingenio clarus, quo Gallia cive superbit;*

» *Quo moniti Reges Populis dant jura beatis,*
» *Vivet in œterum Prœsul; celebrabitur idem*
» *Scriptor, Virtuti dùm prœmia certa manebunt,*
» *Post genitis carus, viduœ sed carior* Urbi. »

En français.

« Ici gît Fénélon : la vertu, le génie,
» La douce bienfaisance ont illustré sa vie.
» Par des écrits profonds, qu'il sut orner de fleurs,
» Il soumit les esprits et captiva les cœurs.
» Vous, dont le Monde attend des exemples à suivre,
» Monarques, vos devoirs sont tracés dans son Livre. »

Pouvait-il être oublié dans ce concours d'hommages rendus aux grands hommes des siècles passés, ce bon, ce preux, ce féal chevalier, ce Bayard enfin dont la mémoire se lie si étroitement à tout ce que la loyauté a de plus respectable, la bravoure de plus éclatant, l'héroïsme de plus glorieux? non : la ville de Grenoble, dépositaire de sa cendre, lui a élevé un monument, et certes personne ne sera tenté de démentir l'éloge bien mérité que renferme l'inscription que notre confrère a consacrée à ses mânes.

POUR LE TOMBEAU DE BAYARD.

« *Quem Rex Franciscus; quem Mars, quem Gallia flevit,*
» *Flos Equitum tegitur saxo, dùm gloria fulget!*
» *Parce piis, miles, lacrymis; venerabere fidus*
» *Heroem meliùs factis imitator ademptum:*
» *Hœc tanti laus digna viri, quem fama per orbem*
» *Impavidum Justumque suo cognomine dixit.* »

En français:

« Le Héros dont le nom rappelle la vaillance,
» Bayard, cher à son Roi, Bayard, cher à la France,
» Repose sous ce marbre, et vit dans tous les cœurs.
» N'offre point à sa cendre un vain tribut de pleurs,
» Soldat; en l'imitant, honore sa mémoire;
» Et souviens-toi toujours que son siècle et l'histoire,
» Pour prix de ses vertus, pour prix de sa valeur,
» L'ont nommé Chevalier sans reproche et sans peur. »

Quand les hommes célèbres semblent renaître de toutes parts, Vaucluse ne pouvait pas négliger Pétrarque; ce poète devait encore retrouver un laurier dans les lieux mêmes où sa muse en cueillit tant de fois, près de cette fontaine que ses amours, ses vers et ses malheurs ont immortalisée. Voici l'inscription composée par M. Dubos, pour le monument élevé à la mémoire du chantre de Laure, à cet amant infortuné qui, au tourment d'avoir, pendant sa vie, aimé sans espoir et sans récompense, joignit encore le regret d'être, après sa mort, séparé de l'objet de sa tendresse.

POUR PÉTRARQUE A VAUCLUSE.

« *Hic Lauram cecinit, procul, heu! Petrarcha sepultus:*
» *Vivos læsit Amor, nec Amor post funera junxit.*
» *Quæ Venus afflavit Vati, dilecta Camœnis,*
» *Carmina non Virtus, nec tu, Pudor ipse, recuses.*
» *Nostri si legeris vestigia sacra Poëtæ*
» *Æmulus, ô utinam plectrum nova Laura ministret! »*

En français.

« C'est ici qu'autrefois, sur sa lyre immortelle ,
» Pétrarque a chanté Laure...! il repose loin d'elle...
» Peintre du sentiment, il trouva dans son cœur
» Ses vers qui n'ont jamais alarmé la pudeur ,
» Qui respirent le feu dont il brûla pour Laure,
» Et que l'écho fidelle aime à redire encore!
» O toi , qui suis les pas de ce Chantre sacré,
» Puisses-tu, comme lui, par l'Amour inspiré ,
» Vouer, rival heureux de gloire et de tendresse,
» A l'immortalité tes vers et ta Maîtresse! »

Si les bornes de cette séance me permettaient de prolonger les citations, je reproduirais avec plaisir beaucoup d'autres inscriptions de notre confrère: je me bornerai à vous en citer trois encore qui, malgré leur brièveté, occupent un rang distingué dans sa collection.

POUR LA NOUVELLE MORGUE.

« *Attulit ignotum quod mors ignota cadaver ,*
» *Hic sperat tumulum quem det amica manus.* »

En français.

« L'homme inconnu, dans ce séjour de deuil,
» Attend la main qui lui donne un cercueil. »

POUR L'HOSPICE DE LA MATERNITÉ.

« *Tectum mater egens , innupta Puerpera tectum*
» *Hic habet, innocuam quo procreet abdita prolem.* »

En français.

« Victime de l'amour ou du sort, une Mère
» Peut cacher en ce lieu sa honte ou sa misère. »

Comme membre de l'Athénée, M. Dubos a voulu donner à la société dont il fait partie, une preuve de son zèle et de son estime, en composant une inscription latine qui renferme en deux vers le but des travaux, et l'organisation de l'Athénée des arts en trois classes ; classe des arts, classe des sciences, classe des belles-lettres.

« *Ut vigeant Artes, varioque Scientia cultu,*
» *Ut sit honos Musis, Atria nostra patent.* »

Vous connaissez, Messieurs, les autres inscriptions de M. Dubos ; j'aime à croire que l'examen de son recueil ne diminuera en rien l'opinion que des communications partielles vous en ont fait concevoir : j'aime à croire que les hommes éclairés y trouveront de quoi justifier la proposition que je vous fais d'accorder à l'ouvrage et à l'auteur le seul degré de récompense que permettent vos statuts, *la mention honorable* en séance publique.

Signé, BOISSY-D'ANGLAS, *Président*; HUZARD, *Vice-Président*; DUCHÊNE fils, PERRIER, *Secrétaire*; F. P. A. LEGER, *Rapporteur.*

TRADUCTIONS

ET IMITATIONS FRANÇAISES

D'ANCIENNES INSCRIPTIONS LATINES

DE SANTEUL, BOURBON, SANNAZAR, &c.

PAR M. DUBOS AÎNÉ.

(4)

ANCIENNES

INSCRIPTIONS LATINES

PROPOSÉES POUR DIVERS MONUMENS.

Pour la Pompe du Pont Notre-Dame.

Sequana cùm primùm Reginæ allabitur Urbi,
Tardat præcipites ambitiosus aquas.
Captus amore loci, cursum obliviscitur, anceps
Quò fluat, et dulces nectit in urbe moras.
Hinc varios implens fluctu subeunte canales,
Fons fieri gaudet, qui modò flumen erat.

Pour le Tribunal Criminel.

Hìc Pœnæ scelerum ultrices posuère Tribunal;
Sontibus undè tremor, civibus indè salus.

Pour l'Horloge du Palais.

Tempora labùntur, rapidis fugientibus Horis;
Æternæ hìc Leges, fixaque Jura manent.

Pour l'Arsenal.

Ætna hæc Henrico Vulcania tela ministrat,
Tela Giganteos debellatura furores.

TRADUCTIONS

ET IMITATIONS FRANÇAISES,

PROPOSÉES POUR DIVERS MONUMENS.

Pour la Pompe du Pont Notre-Dame.

En abordant Paris, la Seine ambitieuse
Ralentit de ses flots la marche impétueuse.
L'aspect du lieu l'enchante; incertaine en son cours,
On la voit s'oublier en amoureux détours;
Et bientôt se frayant des routes souterraines,
Le fleuve transformé va jaillir en fontaines.

Pour le Tribunal Criminel.

Ici, le glaive en main, Thémis inexorable
Veille au salut de Tous, en frappant le Coupable.

Pour l'Horloge du Palais.

Le Temps fuit, emportant les Heures sur ses ailes;
La Justice et les Lois ici sont éternelles.

Pour l'Arsenal.

Cet Ætna pour Henri prépare dans ses flancs
Le tonnerre vengeur de l'orgueil des Titans.

Pour la Fontaine Saint-Séverin , au bas de la montagne.

Dum scandunt juga montis anhelo pectore Nymphæ,
Híc una è sociis , vallis amore , sedet.

Pour celle de Sainte-Catherine , au Marais.

Ebibe quem purum fundit Catharina liquorem ;
Fontem ad virgineum non , nisi purus , adi.

Pour celle du Ponceau , près la Porte Saint-Denis.

Nympha triumphalem sublimi fornice portam
Admirata , suis garrula plaudit aquis.

Pour la Fontaine d'un Marché.

Fortè gravem imprudens híc Naias fregerat urnam ;
Flevit, et ex istis fletibus unda fluit.

Pour une des Fontaines du Marais, à Paris.

Ingratam aspectans sedem , citò Nympha parabat
Linquere ; jucundá sed recreata domo ,
Híc posuit jussu Prætoris civibus urnam ;
Utile sic dulci jungere Prætor amat.

Pour le Cadran solaire d'un Lycée.

Híc labor, híc requies Musarum pendet ab umbrá.

Pour la Fontaine St.-Séverin, au bas de la montagne.

Mes sœurs, avec effort, gravissent la montagne ;
L'attrait de ce vallon y fixe leur compagne.

Pour celle de Sainte-Catherine, au Marais.

Une Vierge a créé cette source féconde ;
Passant, pour l'aborder, sois pur comme son onde.

Pour celle du Ponceau, près la porte Saint-Denis.

Vois cet arc triomphal et sa voûte hardie ;
Mon eau, par son murmure, applaudit au Génie.

Pour la Fontaine d'un Marché.

Nymphe par malheur cassa
En ce lieu son urne pleine :
Elle en pleura : la Fontaine
Vient des pleurs qu'elle versa.

Pour une des Fontaines du Marais, à Paris.

La Nymphe que tu vois, désertait cet asile :
A l'ordre du Préteur sa grotte s'embellit ;
Elle y plaça son urne ; ainsi toujours s'unit,
Sous le règne des Arts, l'agréable à l'utile.

Pour le Cadran solaire d'un Lycée.

L'ombre fuit et revient ; et, dans son cours égal,
De l'Étude et des Jeux donne ici le signal.

Pour une Horloge.

Ut cuspis, sic vita fugit, dùm stare videtur.

Pour la Fontaine d'Aréthuse, à Chantilly.

Hujus amore loci in fontem mutata fuisses,
Si non mutasset te, Dea casta, pudor.

Pour la Fontaine du marché de Lagny. (*Seine-et-Marne*)

Siste gradum, ó Naïs, nec amicas desere sedes :
Talibus hospitiis quæ metuenda tibi ?
Vindice te, spernit civis convicia linguæ ;
Si quis fortè nugax, unda silere docet (a)

Pour la ville de Venise.

Viderat Adriacis Venetam Neptunus in undis
Stare urbem, et toto ponere jura mari.
Tu mihi Tarpeias, quamtùmvis, Jupiter, arces
Objice, et illa tui mœnia Martis, ait.
Si Pelago Tibrim præfers, urbem aspice utramque :
Illam homines dices, hanc posuisse Deos.

(a) Un Passant qui, par plaisanterie, demandait à Lagny, combien vaut *l'Orge?* était sûr d'être à l'instant baigné dans la fontaine. (Autrefois le Maréchal de Lorges s'était emparé de la ville par surprise).

Pour une Horloge.

Cette aiguille, à tes yeux fixée en apparence,
L'image de la vie, à chaque instant avance.

Pour la Fontaine d'Aréthuse, à Chantilly.

Ce lieu, par un charme vainqueur,
En Fontaine eut changé la Nymphe qui l'arrose,
Si, victime de sa pudeur,
Elle n'eut éprouvé cette métamorphose.

Pour la Fontaine du Marché de Lagny. (Seine-et-Marne.)

Nymphe, ne quitte pas ces lieux !
De vrais amis doivent te plaire.
Quand tu leur es si nécessaire,
Que peux-tu craindre au milieu d'eux ?
Si quelque Fou, par imprudence,
S'avise de nous outrager,
Gaîment tu sers à nous venger :
Ton onde le force au silence.

Pour la ville de Venise.

Quand Venise sortit de l'onde Adriatique,
Neptune salua la Reine de la Mer.
Cesse de me vanter ton Capitole antique,
Et ta Rome, dit-il, superbe Jupiter !
Mais si le Tibre encor te semble préférable,
Sur Venise et sur Rome ouvre un moment les yeux,
Et tu diras bientôt, en arbitre équitable :
Les Mortels ont fait Rome, et Venise, les Dieux.

www.ingramcontent.com/pod-product-compliance
Lightning Source LLC
Chambersburg PA
CBHW060905180626
46818CB00004B/1842